八幡浜
臼杵
竹田湧水群
岡城跡
阿蘇山
祖母山
高千穂

雑草の如き道なりき

しがらみ編

上月わたる

雑草の如き道なりき

しがらみ編

まえがき

八十の歳を迎えて、色々な自分の歩んできた足跡を振り返り、今あることに感謝をし、数々の人との出逢いや学びを書き留めようと思い立ち、メモや日記を整理しているうちに思い切って本にまとめてみようと、この度出版の機にいたりました。

ここで、本文にいたる前段に起きた出来事について少し触れておくことにいたします。

西日本放送のアナウンサーとして活躍をしていた昭和三十六年、私が二十七歳の時のことでした。一夜にして「耳が聞こえない」「体中の毛が真っ白になる」といった奇妙な現象に見舞われてしまったのです。慌てふためき途方にくれて座りこんでしまったあの日のことは、今でも鮮明に覚えています。

平常通りの仕事を終えて大好きな酒を呑み、夕食を済ませ、ぐっすりとした深い眠りから目が覚めた、いつもの朝のことです。洗面台で顔を洗おうとしたまさにその時、目の前の鏡の中に佇んでいる白髪の老人の姿に、思わず後退りをしてしまいました。よくよく見ると、どうやら自分自身のようです。頭髪を引っぱったり、顔を撫でたりしながら「俺はまだ寝ているのか？」と疑ってみましたが、確かに起きています。その証拠に、手の甲を抓ってみると痛みが走りました。

つぎの瞬間、もう一つの異変に気がつきました。蛇口からは水が流れているのに、その音が聞こえてこないのです。無我夢中で、そのあたりにある物を叩いてみましたが、まったくの無音です。テレビも画面が見えますがこれも音無し。大声を出してみましたが、自分の声すら聞こえない。もう一度、鏡の前に戻って見ましたが、真っ白な頭の自分が映るだけ。近くに住んでいた同僚の三島君へ電話連絡を試みましたが、これも一方通行でした。それでも通じたのか、三島君は訪ねて来てくれました。

白髪の私を見るなり、彼も後退りしてしまいました。私は声で、三島君は筆談での会話が始まったのは、もう昼近くのことでした。兎に角、会社には病欠の連絡をしてもらい、休むことにして、先ずは病院に行き、ありとあらゆる所を検査してもらいましたが、何一つ原因をつかむことは出来ませんでした。

それからは、病院を変えては検査の連続、同じことの繰り返しで一向に先が見えてきません。人が良いと薦めるところへはどこにでも出向いてみるものの、代わり映えはしません。ただ、気になることが一つありました。あの朝から耳の奥で聞こえてくるカチャカチャという耳鳴りのような強い音です。

漢方が効くといわれて飲んでみましたが、これも効果はありませんでした。ついには福井の永平寺に出向き座禅まで組んでみましたが、空振りでした。その足で伊勢路に向かっていた時のことです。あのカチャカチャした音が、不規則に変化して聞こえてきたのです。

もしや、何者かが音を発しているのかもと思い、こちらから問いかけてみると、その不規則音が返事をするかのように反応があります。幾度となく試してみても同様に音が返ってきます。突然ひらめいたのは、少年のころに学んだモールス信号です。私は、大きな画用紙にアイウエオを並べて音の配列を書き記しました。音の指示に導かれながら、一文字ずつを指で追っていく。それが会話の始まりでした。

この会話の発信元は、いったいどこからなのか。直感的に天からの声ではないかと思った私は、白髪と耳を元に戻して欲しいと頼み、そのためにはどうすれば良いのか尋ねてみました。すると、九州の高千穂の一角を指し示され、旅の行く先は九州高千穂へと変わりました。そこは、多大なエネルギーが集中する「集合所」だというのです。

ありとあらゆるところへ、回復を願っての旅も、早三年が経っていました。ふる里の香川には戻ることもできず、妻子とも別れたままです。抗いがたい、人間の淋しさと侘びしさが込み上げてきたのも事実ですが、その気持ちを振り払い、病を治したい一念で、高千穂へと向かったのです。

忘れもしない昭和三十九年の二月十二日。寒い冬の日、小さな壊れた祠の前に初めて座ったのでした。何が何だかわからないままの問答の始まりです。行者らしくない行者。文句たらたらの行者。反発だらけの行者。しかし、時間だけが過ぎていきます。そのうち、今まで自分の中になかった人間としての使命感のようなものが頭をもたげてきて、天からの音（＝教え）が輝かしくさえ思えるようになってきたことに気づきました。そこには、前向きに学ぼうとしている自分がいました。なんともいえない不思議さを抱きながら、四月二十七日の朝を迎えたのです。

この日からのメモや日記を頼りにまとめたのが、この『雑草の如き道なりき　しがらみ編』となった次第です。

【一】――沈黙からのはじまり

どこからも
何も聞こえない沈黙が
どれだけ続いたのか
暗闇の中で
足元に当たる風を
感じながら
いつしかうとうとと
眠りに入っていった

何時になく
交信を交わす
天からの音も
聞こえてこない

何にもない夜が
更けていった
どんな夢なのか
何か中身のわからない夢で
はっと目を覚ました
どこからか
やわらかい春の風が
舞い込んできた

ボーとした朝の光が
差し込んで
夜明けを告げる
ああ朝がきたんだ
命のある事に
感謝をしようと
思った時
ポツン　コロコロコロ……

何かの音を聞いた

まだ夢の中に
いるのであろうか
自分の耳を疑った
聞こえないはずの耳に
音が聞こえた
続いて風の音だ
小鳥の鳴く声だ

えっ本当に？
俺　起きているのだろうか
ほっぺたを叩いてみた
確かに音がする
手も抓ってみた
痛い！

それでもまだ
心のどこかで
疑いの声がする

立ち上がって表に出た
自分の歩く足音
板のきしむ音
扉を開く音
遠くで走る
車の音
時おり吠える
犬の声
全部この世の音だ
かつてこの耳で
聞いていた音ばかりだ
耳が聞こえ出したのか?
それでもまだ信じられない

遠くに見える
高千穂の峰々に
朝焼けがはじまった
その山々を
見上げたその時に
少し強めの風が
木々をゆすった
ポツン　コロコロコロ
さっき聞いた音だ

音のする方に
目をやると
枯どんぐりが落ちてきた
静かな森の朝に
どんぐりのころがる音
それはとてもとても

荘厳にして
神秘に満ちた
一瞬であった

朝末明《あさまだき》
御社《みしろ》の森に
どんぐりの
落ちてころがる
音のかそけさ

【二】——道をひらき道を歩む

耳からの音
懐かしくて
懐かしくてたまらない
自然と頬が
ゆるんでくるのが
手に取るようにわかる
「本物のこの世の音だ」
三年ぶりに聞く音だ

一夜にして

耳が塞ぎ
髪が真っ白になった
あの日が
病院に走り廻った
あの時が
人が薦めるところへは
どこへでも訪ねた

あの場所が
初めて天からの音を聞いた
松坂の海辺が
そして肩を叩いて
元気づけてくれた
友人達が
ふる里にいる

母や兄弟の顔が

胸が張り裂けるような
思いが込み上げる
一人娘　由佳の顔が
次々に青空に
浮かんでくる

みんなみんなありがとう
いくら修行とは言え
多くの人に
迷惑をかけ
心配をかけている俺
今は感謝と詫びるしかない

何がなくても
目的がある
天より教えられた
大きな大きな

使命が待っている
泣き言なんか
言っている暇はないんだ
うしろを向く事も禁物だ
兎に角　前へ前へと
進むしか道はない
力強く歩むしかないんだ

道ありて
道を行き
道なくば
道をひらきて
道を歩めよ

【三】――魂の声

しばらくの時をおいて
太陽の光が
目に沁《し》みる事で
現在の自分に
立ち戻った

皹《ひび》だらけの手
血まめの出来た足
すり切れたズボン
髭だらけの顔
どこから見ても
うす汚い乞食である
水面に映した

自分の姿がうらめしい
「よく頑張ったよなあ」
手足を慰《なぐさ》める俺がいる

ふり返ると
破れ小屋があり
ついさっきまで座っていた
床板が見える
一段高い正面には
いご様がじっと
優しい眼差しで
こちらを見ている
「ありがとうございました」
何度も頭を下げる

ここに来た時は
「なぜここに来たのか……」と

直談判をしたものだ
ああ言えば
こう言った
口返事も懐かしい

問答とて
いくら頑張っても
一度として勝てない
悔しくて脹《ふく》れると
大きな声で
笑われてしまう

それもこれも今は
納得している
自分がなぜかおかしい
この問答の教え
きっと世の中に伝え

役立たすことが
俺の使命だと
腹がすわってくるのか
手に取るようにわかる

そんな日がくることを
俺の夢にしよう
「いやきっと教えを
人々に伝えるぞ……」
声に出して誓った
夕べまでの声が
いご様の声が
全く聞こえて来ない
「もういご様の声は
聞けないのだろうか？」

そう思ったとたん

……これよりは身をもって
学び取れ
間違いあらば
その場にて正す……

いご様の声だ
それも右耳にだけに
大きく響いて聞こえた
落ち着いて
よく確めてみる
耳が開いたのは
左の耳だけである
右の耳は塞いだままだ
右は天からの音を
捕えるための耳なのだ

幾度も

左を押さえ
右を押さえて確かめた
今となっては
この右耳が頼りだ
天からの音を捕えていることが
うれしくてたまらない

常にいご様は
「俺の側にいる」
こんな大愛どこにあるだろう
心の中にひしひしと
温かい血が流れて行く
魂の親の愛が
伝わってくる
素晴しい実感が
駆け巡る

ありがとう
魂の声
連なりて
明けゆく空が
ほほえみて見ゆ

【四】――二匹の蛇

先ずはこの宮の
大掃除だ
手にする箒も
軽やかにして
愛しく思える
寄せる落葉も
何だか家族のようだ

境内を
横に這った大木
地元の人々は
触ることさえ
怖がっている
奇妙な形で
うねっている大木
どこから見ても
龍体を思わせる

かつて小枝を
折った人が
その日から
病に伏したままと
聞かされた

道を通っていった
小型トラックが
枝をひっかけて折った
その直後
畠道から
真っ逆さまに
落ちて事切れたと
目を丸くして
筆談で教えてくれた

それにしても

苔むした大木は
何か大きな力を
出している
それが何なのか
今はわからない

身に迫ってくる
物凄い「気合《きごう》」のエネルギーは
何なのか
いつの時か
わかる日が
きっとくるだろう

この大木とも
今日でお別れだ
水を運んで
大木に掛けては

手に触れて
何度も
「ありがとう」と
言葉が詰まってくる

裏庭に廻った
いご様の小さな
祠がぽつんとある
両手を合わせて
目を閉じた
何か目の裏が光る
思わず目を開いてみた
祠を取り巻くようにして
二匹の蛇がいる
それも一匹が真っ白
もう一匹が真っ青
色もきらきらと

鮮やかに見える
「これは一体何だろう……」
じっと見つめていると
信じられないことが
起きてしまった
二匹の蛇が
祠の頭部より
消えていったのだ
思わず
「おい待ってくれ……」と
声が出てしまった

いいしれぬ
　身の毛がよだち
　　立ちすくむ
我を残して
　君は消えゆく

【五】——門出の日

掃除の終わった森
傾いたお堂
もう一度座って
いご様と向い合った
声はしない
でもそれでいいのだ
「前に向いて歩みます」

静かなる
　声なき声に　はげまされ
今日が門出か
　後《うしろ》を向くまい

【六】――ひげ面の男

身の廻りの
片付けも終えた
少し錆かかった剃刀
髭をそると少し痛い

表で音がする
出てみると
焼米を持って来てくれた
富高さんだ
着替えをした
俺を見て
びっくりした顔をしている
「お世話になりました

今朝耳が
聞こえ出したんです……」

この人のお陰で
今日があるんだ
富髙福一
この名前は
俺の脳裏から
一生忘れる
ことはあるまい
きっと忘れない

颪の日も
雨の日も
焼米を持って
俺の命番に
通ってくれた

ひげ面の
高千穂なまりが
温かく
焼米かみて
涙とまらず

【七】——天の岩戸

天の岩戸
老いたる宮司の優しさ
天の安河原の
苔むした石畳
落立の宮の
昔を語る石段
二上神社の森の
長い砂利道

大きなエネルギーを
惜しみなく送ってくれた
日通いの時も
春雷の時も

真夜中の時も
忘れられない一駒だ
心から頭が下がる

それにも増して
世の中の音が聞こえる
人の話が優しい
即会話が出くる
この喜び
人間が生きるには
五感がたったひとつ
欠けただけでも
不自由なのだ
耳の不自由から
いま解き放されたんだ

この喜び一つ誰に言おう

誰かれなしに
言いたい気持ちが
むずむずとする
味わった者しか
わからない喜びだ
五感のある喜びと
大事さを
しみじみと覚える

何一つ
欠けてはならぬ
五感をば
身にしみ入れて
心かみしむ

【八】——餞《はなむけ》の食事

時の経つのは早い
身の廻りを
片づけている間に
もう夕暮れが
来てしまった

「自分の家に泊れ」と
富高さんはいう
だけど修行の身だ
甘えてはなるまい
夕食だけを
頂くことにした
久し振りに食べる

食膳に
胸がつまってくる

大好物の味噌漬け
温かい味噌汁
野菜の味噌和え
山女の味噌焼き
この山里の味噌づくし
大和民族を感じる
我々は農耕民族だ
草食性の人種なのだ
味噌が頼りの民族だ
この教え
忘れてはならない
尊い教えである

このことを

世の中の人に
教えて歩くことが
俺の使命なんだよなぁ
食生活が乱れ
西洋かぶれが
まかり通っている今
人の心までが
荒《すさ》んでしまっている

正さねば
正す役目が
俺にあるんだ
この富高さんちの
一食が
俺にのしかかってくる
大きな学びの
一夜である

素晴しい旅の
餞《はなむけ》の夕食になった
「お風呂にも入れ」と
湯舟に案内された
小川での水風呂を
思い出す
寒い日もあった
拳法道場での
乾布摩擦が
役に立ったよなあ
脛《すね》小僧の傷跡
今更のように
眺めて見る
これも修行の
証しなのだよなあ

小一時間も
湯船にいた
髪も富髙さんが
馴れない手つきで
切ってくれた
この人とはきっと
長い付き合いになる
そんな予感が
頭一杯に広がった

髪をつむ
鋏の音に
信頼の
心ひろがり
涙ひとすじ

【九】——最後の夜

富高さんの
熱い眼差しに
見送られて
いご様の堂で
最後の夜を
惜しむことにした
いざ出発となると
寝つけないものだ

思い出すのは
この堂に座った
寒い冬の日……
伸ばしきれない足

脛《すね》小僧の痛む傷
床板の割目　風の寒さ
富髙さんがくれた毛布
毎日食べた焼米
いくら投げやりになっても
黙って教えてくれた
いご様の
力強い声

逃げ出そうとすると
身動き一つ出来ない
金縛り
まあ辛抱づよく
教えてくれたよなあ
俺が人さまに
こんなに辛抱づよく
出来るだろうか

いや　やるための教えだ
気の短い俺だが
やってみる
他はあるまい
忍耐力には
あの手この手を
あみ出す力
脳の閃きが
欠かせないんだよなあ

眠ろうとするほど
頭が冴えてくる
思い出すものは切りがない
疲れ果てて
眠ってしまったのは
もう朝近くだった

まどろみて
過ごす一夜の
夢の中
懐かしき友が
笑いかけたり

【十】——学びの旅

小鳥の鳴く声に
目を覚ました
気持のせいか
雀達の数が多い
堂の森に
群がるようにやってきて
うるさいほどに鳴いている
小鳥達までが
見送りに来てくれたんだ
そう思うと
何だかなごり惜しい
「ありがとう　さようなら」

身支度をして
リュックを背に
表に出た
まだ陽は昇っていない
堂の前に立って
離れがたい心が
涙に変わる

「何時かこの
傾いたお堂を
建て直しに来ます」
そんな心の声が
胸の奥で叫んでいる
きっとそんな日が
くるような気がする
いや来てみせる

一寸いつもの
いい格好しいの
俺様が頭をもたげた
一瞬でもある
兎に角　学びの旅が
はじまるんだよ俺は
足をじっと見つめた

傾きし
　床のすき間に
　　吹く風も
今日のこの日は
別れがつらい

【十二】――旅立ちの日

いご様に通う
細い田舎道を
下って行く
両脇の畠には
青々とした大根が
目にしみる
古びた鳥居をくぐり
表道に出た

天の岩戸の前で
「さよなら」を告げる
まだうす暗い道を
一歩踏み出した

誰一人いない静かな朝発ちだ

行く先のわからない
旅がはじまった
本当に不安なんだよ
誰も教えてくれない
誰も助けてくれない
一人ぼっちの旅のはじまりだ

いご様の声だけが
唯一の頼りだ
でもどこへ行けばいい
そうだ俺には
故郷があるんだ
一度はそこまで行こう
銭なしの乞食旅だが
何とかなるだろう

どこへ行く
何をするのか
わからねど
歩く他なき
旅のはじまり

【十二】——雲海を臨む

曲がりくねった岩戸道
段々畠には
青々とした夕バコが
勢いづいている
ここに来た時の
冬場とは
うって変わっての春道だ
高千穂神社にも
さよならを告げた

昔なつかし岩戸神楽
手《た》力《ぢから》男《お》の舞の
勇ましさを思い出す
宇《う》豆《ず》女《め》のしなやかな舞

国造りの二神の舞
心に響く笛の音
燃えるかがり灯
この森での想い出だ

岩戸峡を通り
国見峠の入口だ
朝早い国見ヶ丘に
向ってみよう
長い坂道を登って行った
あっという間に
雲海の人となった

歩いている道さえ
覚束《おぼつか》ないさまだ
微かに見える
道ぞいの木を目当に

ゆっくりと登っていくと
段々と雲が薄くなっていく
雲の切れ目さえ出てきた
さらに登っていくと
もう雲上の人だ
見わたす限りの
雲雲雲……
これが世にいう
雲海なのか

それはみごとな眺めである
雲海から首を出している
祖母山《そぼさん》が間近に見える
遠くには阿蘇山があり
朝日が当たり始めた
静かに動いている雲
そこにも光が

差し込んでくる
このパノラマ
何時いつまでも
見ていたい

その昔
国びらきの人々が
この丘に立って
大きな心をつくったのか
そう思うと
何だか自分にも
今からの心に
この豊かな心が
役立ちそうな気がする
俺はそのために
「ここに来たんだ」
そんな気がしてならない

何事も
八方に気を
配りてぞ
当たるがよしと
国見ヶ丘が

【十三】——人夫坂を行く

朝日の中で
雲海と遊ぶこと
二時間
山里が見え始めた

山を下りて
三百二十五号線の人となる
人いう人夫坂《にんぶざか》を通り
杉林の中を歩くが
行けども行けども青葉道
谷水をすすった
うまい

いたどりが群生している
少しすっぱい味がして
とっても美味である
野山にあるいたどりが
こんなに親しく
身近に感じたのは
初めてだ

いたどりで
命あたため
青葉道
水辺に咲きし
白百合の花

【十四】——五ヶ所の畠の人参

何本かのいたどりを手に
再び歩きはじめる
河内《かわち》から県道八号に入った
まだ続く山道だ
曲がりくねった淋しい道には
時折しか車も通らない
民家も疎《まば》らだ
人影は全くといってない
杉をなでる風音と
小鳥の鳴き声だけが
道づれだ

子供の頃から

よく歩いたお陰で
脚力は確かである
かなり険しい山道も
何のそのと
五ケ所《ごかせ》というところに
辿りついた
人影もある
小さな集落だ

車と遇い
人と出逢うと
なぜかほっとする俺
甘ったれの俺に
呆れる
今からの厳しい旅
人恋しくてどうする
自分で自分を

叱りながら旅は続く
孤独の学びである

世の中を思う
世間で働いている人達
やれ職場が気に入らない
月給が少ない
誰々と合わない
上司が気に入らない
失敗をしたから
思うようにならなかったから
酒を飲んでは職場の悪口
人さまのこき下し
あげくの果てに辞表だ

一番上はどうする
辞表の出すところがあるのか

誰に出すのだ
辞表など誰も
受け取ってくれない
たった一人の孤独なのだ

一人で悩み
一人で苦しみ
一人で考える
資金が詰まれば
自分は食わなくても
人を生かさなければ
成り立たない
真の孤独である

家庭もそうだろうなぁ
女房どもは
「帰らせてもらいます」

で済むかもしれないが
主には帰るところがない
一人ぼっちの孤独だ
子供達にしても
自分一人で
大人になったと
勘違いしている

とかくいう俺もその一人だ
この孤独感の学び
生かし切らないといけないと
心がしきりに叫ぶ
これが生き貫くこつなんだ
俺も実行し
人にも教えなければ
ならない役目がある

辞表で済ましている
世の中を
少しでも正さねばと
心が燃えてくるような
熱いものを感じる
孤独の戦い
しっかりと学んでいこう

乞食のような旅も
早一日が終わりに近い
それにしても腹ぺこだ
歩く足もだんだんと
にぶくなってきた

夕暮れの畠に
人参を見つけた
なりふりかまわず

「ごめんなさい」
畠の人参をぬいた
泥だらけの人参
近くの草で泥を落とし
一気にかじりついた
「うまい」
じんわりと迫る夕焼に
今夜の塒《ねぐら》の心配が
頭を過《よぎ》っていった

空腹が
早やって来た
峠道
畠の幸に
ほっと一息

【十五】――農具小屋の一夜

田舎道は
不便なことばかりが多いというが
そうでもないよ
食べものは何とかなるし
野立小屋はある
農具小屋を見つけた
足を伸ばせる小屋だ
いいねぇ

夜露をしのげる事に
ささやかな幸せを感じる
どこかで鳴く
ふくろうの声を聞きながら

深い眠りに入っていった
いたどりと人参の旅は続く

早い山の朝は
ひんやりとするが
とても気持ちのいいものだ
小さな小川で
顔を洗い
歩きが始まる

今日は空が曇っている
雨になるかもしれない
雲が低く垂れている
微かな土ぼこりの匂いがする
これは確かに雨の予告だ
近くまで雨がきている
証しである

子供の頃に教えられた事が
今役立っている

昼を過ぎる頃から
雨がやってきた
山道での雨は
かなり激しいものである
ちょっと山小屋で
雨宿りだ
畠で拝借した大根が
今日の昼ごはんになる

小降りになるのを待って
雨合羽を着て
山をひたすら下っていった
湧泉で有名な
矢原《やばる》湧水

泉《せん》水《ずい》湧水
河《かわ》宇《う》田《だ》湧水
などに出逢った

こんこんと湧き出る水
力強く押し出すように
無限の力を示している
人間にとっても
植物や動物達にとっても
なくてはならない
命の水が
惜しみなく湧いている
大自然の恵である
大自然の慈愛である

この水の大切さを
人々はどれだけ

知っているだろうか
粗末にしていると
やがて水で苦しむ時が
やってくるのではないかと
頭の中で
誰かが叫んでいる
人間水の恩恵を
決して忘れない事だと

学びの一つにした
この大切なことが
きっと　世の中に役立つ時が
あるような気がして
湧水から離れがたい
気がしてならない
大自然の「気合」が
波よせてくるのがわかる

幾つかの湧水を
見て歩いた
静かな森道だ

小雨ふる
湧水の中
森しずか
人の命を
守れる泉

【十六】——走っていく列車

電車が走る音が
小雨にけむる先に
聞こえてきた
やがて豊後竹田駅が
見えてきた
高校の修学旅行で
見た駅だ　懐かしい

それよりも
今の俺は歩いているんだ
走っていく列車が
どんなにうらめしいことか

出るはため息ばかり
何とだらしない行者だろう

この汽車に
乗って行きたし
銭はなし
あっても乗れなき
おきてちらほら

【十七】――雨中の豊後竹田

この竹田は
明治の作曲家
瀧廉太郎先生が過ごし
亡くなった場所だ
「荒城の月」をつくり
わたしが学生の頃に歌った
「花」も瀧先生の作曲だ

外遊がままならぬ時代に
遠くドイツに学び
知らない国
知らない言葉
馴れない生活

全てが挑戦だ
この未知への挑戦が
名曲を生む力となり
人々の心に残り
世の中を潤している

たった　一人での洋行で
悩み苦しみながら
何かを掴む
力を生みだすんだ
悩み苦しむ者こそ
勝利を得る……と
確か家康も
言っていたよなぁ

苦しみや悩みは
生きる道には

必ずついて廻る
どう捉えるのか
どう考えるのか
この開きは大きい

国道五〇二号線に入った
武家屋敷跡がある
暫く行くと
岡城方面の立札が
雨に濡れて立っている
足は自然に
そっちに向いて歩き出す
一目見たい名城だ
心は昔の人に
なった気分だ

降りしきる

小雨の中に
名城　岡城が
一人ぽつんと
佇んでいる
お前も一人か
俺も一人ぼっちだ
違うのは相手は名城
俺は名もない乞食行者
でも「負けてなるかよ」と
どこかで叫んでいる

俺がいる事が
うれしくてたまらない
よし何時かはこの城と
肩を並べて
みてみよう

78

見上げれば
雨にぬれゆく
石垣が
ひときわ淋しく
のしかかるなり

岡城跡

【十八】——原尻の瀧の出逢い

道々には
昔を偲ぶ屋敷跡が
次々と目に入ってくる
厳しい弾圧を凌《しの》いだ
キリシタン洞窟がある
自分の道を求め
信じた人達の
心のふる里でも
あったのであろう
あい変わらずの曇り空だ
耳に何か

清々しい音が
とび込んで来た
瀧の音だ
音につられて
脇道に入ってみると
水しぶきの匂いが
鼻をついて
まわりの若葉が
一層美しく見える

音の近づきとともに
土や木々が
水を含んで
森ふかしといった感じだ
目の前で雄大に落ちる
瀧が目に入ってきた
優しくてやわらかい

水が岩をくだいている

長い年月をかけて
つくった瀧つぼが
ぽっかり大きな
口を開けている
自然の大きな力に
何だか言いしれぬ
勇気が湧いてきた
ありがとう

原尻の
瀧の出逢いが
気となりて
五体にはしる
力となりぬ

【十九】――空腹の乞食坊主

古跡群のある
豊肥本線沿いの
青葉を楽しみながら
目指す臼杵に向って
歩き続ける

空が明るくなって来た
太陽の光が
雨上がりの
美しい野山を
照らし出してくれる
昼を過ぎる頃
野津の町を抜けた

昼飯時とあってか
鼻を襲ってくるのは
たまらない匂いばかりだ

魚を焼く匂い
煮付けの匂い
カレーの匂い
パンを焼く匂い

空腹の乞食坊主には
こたえる匂いばかりだ
ついぞ負けそうになる
食欲との戦いの行なのか
それにしても苦行である
とにかく歩くしかない
唾を呑み込みながら

道ばたの
土手に座りて
川水で
腹をみたせし
我がおかしき

【二十】──老婆のふかし芋

ゆったりとした森並木
そよ風も春の盛りだ
「何をしているのか」と

声をかけてくる老婆あり
久しぶりの人との会話

人さまの声がうれしい
老婆の目にも
腹をすかした人は
一目でわかるらしい
「お腹がすいてるんだろう
一寸おまち…」と
家に戻って行った
五分も経った頃
にこにこしながら
帰って来た

手にはいい匂いの
さつま芋が
まだ湯気を上げている

「さあお食べ……」
今蒸したという
大きなさつま芋をくれた
「ありがとう」
老婆の顔が
涙で見えない

さし出せし
老婆の手に
ふかし芋
涙ぬぐえど
のどを通らず

【二十二】――見知らぬ人の優しさ

しわだらけの顔
ひびだらけの手
もんぺ姿のお百姓さん
聞けば八十坂を
過ぎたという

見知らぬ人に
優しさをふるまう心
人の持つ真心が
ひしひしと伝わってくる
都会の嵐の中では
味わえない味だ
今の世の中

親兄弟でも
そっぽを向く時代だ
何げなく話す言葉にも
情がこもっている

俺の足元を見ていたのか
地下足袋を
用意してくれていた
思わずお婆さんの手を
しっかり取って
泣きじゃくった
一緒になって泣いてくれた

お婆さんの
泣き笑い顔が
目に焼き付いてくる
まるで年老いた

観音様のようだ
慈優観音様で
覚えておこう

いつも自在な心で
いるのだろうなあ
空行く雲のように
何にこだわる事なく
人間味ある
心に光る優しさは
天下人よりも尊し

田舎道
　真の光に
　　逢えたのは
道の教えと
心にきざむ

【二十二】――芋ひとつの命綱

歩くにこと欠かせない地下足袋
お婆さんに貰った芋
背中のリュックに詰め
野津の里を後にした
芋が背にあると
いうだけで
人の心は豊かに
なっていくのを覚えた

食欲との戦いの
第一章なのだ
しっかり学び
しっかり伝える役目が

俺にはある
人の心の動き
偉大でもあり
摩訶不思議でもある
足どりが軽くなって
いることにも
びっくりさせられる
さっきまでの餓鬼は
何だったのであろう

夜道になっても
心が温かい
日向街道高山あたりで
小さなお堂を見つけた
今日はここに泊めてもらおう
黙ってお堂の板の間に
座ってリュックを降ろす

芋の匂いと
お婆さんの顔が
いっぺんに頭の中に
広がってきた
一口だけ食べよう
「うまい」
芋一つが
命の綱と思うだけで
こんなに美味なのか

今更のように
自分の命と
向い合って見た
世の中で芋一つが
命のつなぎと
思った人が

何人いるだろうか
考えれば考えるほど
尊い体験としか
言いようがない

芋ひとつ
命をつなぎて
闇にいる
堂の中にも
春風が吹く

【二十三】――臼杵の磨崖佛

実に快い眠りの夜だ
今日の学びは
人の道として
欠かす事の出来ない
愛と真心の教えだ
人は姿形だけで
判断してはいけないという教えでもある
社会の役割だけで
その人を見たらきっと
間違いを犯すだろう
大学を出たからといっても
役に立たない奴もいる

学歴はないけれど
人の上に立っている人もいる
親切そうで
人を騙す奴もいる
威張っている奴ほど
銭に汚い
格好つけている奴は
仕事の出来ない奴が多い

学びの種が
広がる度に
段々と目が冴えてくる
あの老婆
ひょっとしたら
誰かの化身ではと
考えてしまうほどだ

尊い人間の
人生の処方箋である
しっかりと心の中に
収めなければならん
多くの人達に
伝えねばならん
暗闇の中で
月明かりを頼りに
メモ帳を取り出し
書きとめる事にした
これでやっと眠れる
気持ちも落ち着いて来た
どこかでふくろうが鳴いている

小鳥のさわやかな鳴き声に
送られながら
朝つゆの日向街道を

臼杵に向かう途中で
誰もが知る
臼《うす》杵《き》磨《ま》崖《がい》佛《ぶつ》に
立ち寄ることにした

その昔
何時の昔かわからねど
無災害を祈念して
刻まれたと聞く
それにしても聳《そび》え立つ
自然の岩壁に
よく刻んだものだ
それだけに阿蘇山の
火砕流の巨大さが
いかに大震災であったかが
窺《うかが》われる

きっと多くの尊い
命が奪われ
計り知れない土地が
焼け野原となったことで
あろうと心いためる
遠い昔を偲んで
暫く祈りを捧げる

それにしても
大自然の力の前には
人はどうすることも
出来ない
小さな力であると
つくづく思い知らされる

この石佛の丘で
最初に目に入ってくるのが

ホキ石佛である
次に見えたのが
堂ヶ迫石佛だ
見事な中尊
阿弥陀如来坐像
自然に頭の下がる
量感が迫ってくる

地蔵十王が並び
大日如来群でびっしりだ
薬師如来
愛染明王も鎮座している
そしてさらに
釈尊が群をなしている
まさに石佛の
大集合である

崖内には
静けさに併せて
かすかに香が漂い
漏れくる明りも
尊さをかもし出している
谷を隔てて
山王山石佛に
逢うことが出来た
ここは如来群と違って
童子尊群である
阿蘇の火砕流で
亡くなった人達　童達を
祀ったのであろう

大佛の
顔に残りし
青ごけが
自然の力
示し聳《そび》える

【二十四】——臼杵の港

やっとの思いで
臼杵の港に着いた
汐の香りが懐かしい

行き交う船が
大きな汽笛を
ボーっと鳴らす

幼い頃から
耳馴れた音だ
港の松が風にゆれ
なぜかほっとする

この海も
ふる里に続く
海なれど
なぜかへだたる
潮路にくらし

【二十五】――ふる里の岬をのぞく

佐賀関半島沿いに
幾つかの島が浮かんでいる
その一つに黒島がある
そこにはその昔
オランダ船が漂着した
話が残っている
遠い西の国から
やって来た人々が
知らない国で
活躍した話が残っている
その名を
オランダ人
ヤン・ヨーステンと

聞いている

時の将軍
徳川家康に仕え
異国　日本のために
働いた人物だ
その心意気
何だか今の世に
尊い教えを
言っているように
思えてならない

国同士の
醜い争いごとも
この心意気があれば
起きない争いではと
思えてならない

お互いの特技を出して
助け合う心があれば
きっといい世の中が
生まれてくる筈だ
「人のいいところを見よ」
「分かち合う心を持て」と
どこかから大きな
声が聞こえて来そうだ

それにしても
海は静かで
風も心地よい
時だけが流れて行く
海の向こうに
ふる里　四国が見える
どうしても渡りたいが
銭は持っていない

連絡船を見ては
ため息ばかり
白いかもめが
我がもの顔に空を行く
俺も羽根があったら
飛んで行けるのに
つい人間の愚痴が出る
美しい筈の
波頭までがにくらしい
おい　かもめよ
俺を一緒に連れていってくれ

その先に
ふる里岬
のぞけども
渡るすべなし
涙も出ない

【二十六】——四国へ渡る

もう何本の船が
出入りしただろうか
船事務所に行って
アルバイトでもして
渡してもらおうか
何度も足が向いたが
思い切れない
かと言って
何の名案も
生まれて来ない

とうとう日暮れが
やって来た

ふとその時
後ろの方から
声を掛けてくれた
人がいる
振り返ると
どうやら船員さんのようだ
「昼からずっといるが
どうかしたのかね？」
その一瞬
「救いの神だ……」と
心の中で叫んでいた
「はい　四国のふる里へ
渡りたいけど銭がないんです
皿洗いでも何でもします
どうか八幡浜に
連れて行って下さい……」

いつの間にか土下座して
いる自分があった
人間必死になれば
自然に素直になれる
自分に呆れてしまう

「いいよ　ついて来な」
余計なことは何も聞かない
黙って従って行くと
誰に断ることもなく
船に乗せてくれた
乗るや間もなく
船が出港だ
例によって
ボーと一笛
臼杵の岸を
船が離れて進み出す

先ほどの船員さんが
やって来て
「あんたはいったい
何をしている人だ……」と
問いかけてきた
今迄のいきさつを
一通り話して
聞いてもらうことにした
「話の途中で腰を折って
すまないが　どうりで
あんたをテレビで見た事が
あると思ったよ……」と
にこにこ顔になった

船を下りる時には
優しく肩をたたいて

「がんばって下さい」と
手を振って
送ってくれた
この船員さん
いや船長さんのおかげで
無事に四国に
着くことが出来た

船みては
幾度もはやる
心をば
波間にうつし
やっと船人

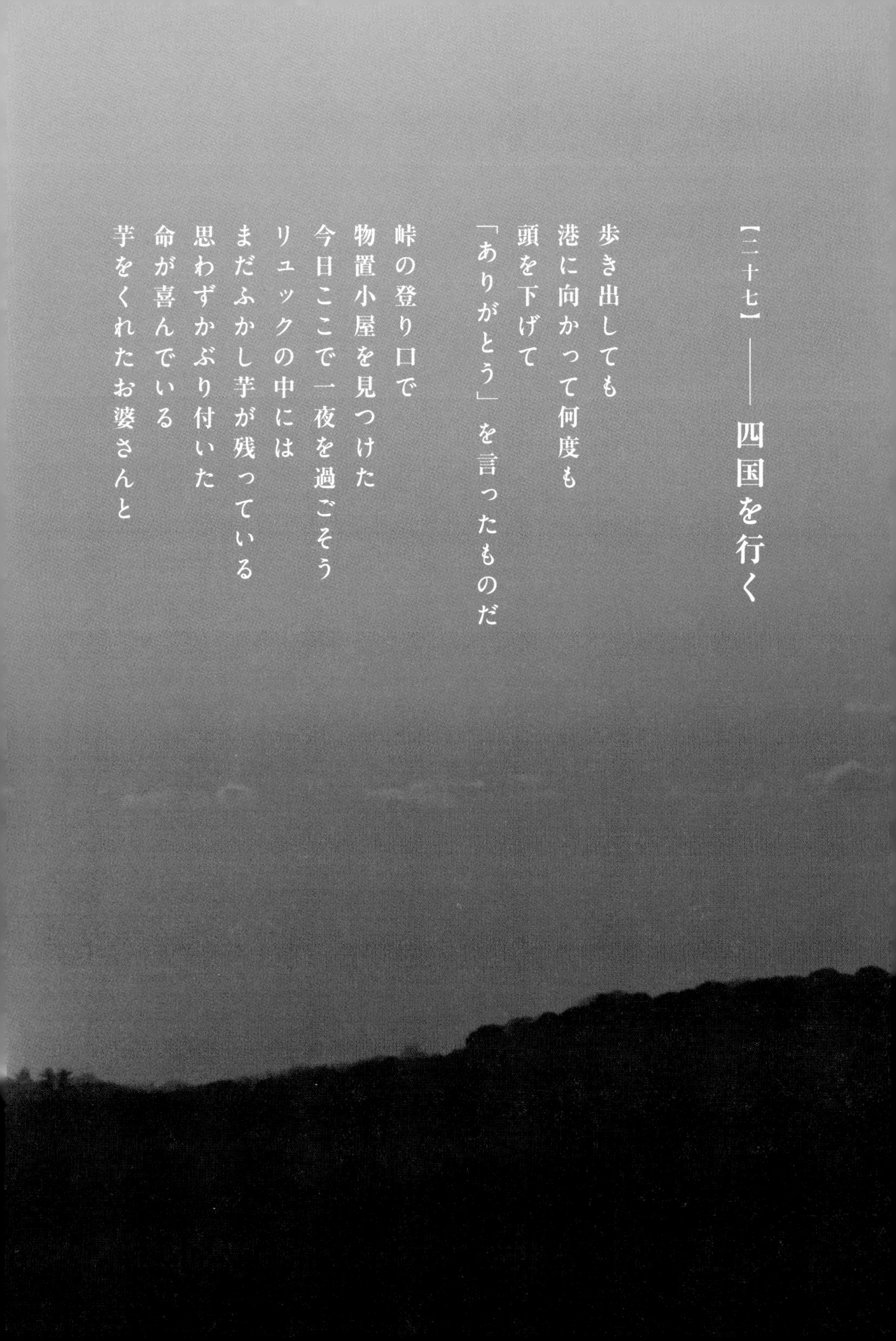

【二十七】——四国を行く

歩き出しても
港に向かって何度も
頭を下げて
「ありがとう」を言ったものだ

峠の登り口で
物置小屋を見つけた
今日ここで一夜を過ごそう
リュックの中には
まだふかし芋が残っている
思わずかぶり付いた
命が喜んでいる
芋をくれたお婆さんと

船の船長さんの顔が
入り乱れて浮かんでくる

西の空に向って
両手を合せて
真心を噛みしめた
また涙があふれる
感激と感謝の涙だ

いつの日か
また逢いた
真心の
命の親に
両手合せる

【二十八】――松山城を懐かしむ

三日間の時が
松山の街を
見せてくれた
放送局時代に
よく通った道と
街並みである
ぼんやりと
懐かしさに浸っていると
一台の車が勢いよく
走って来た

折り悪く降り出した雨
水たまりをはねて行った
泥水だらけになってしまった

車は止まることもない
もちろん謝りもしない
ちょっぴり頭にきたが
してはいけないことの
教えだと心に
言ってきかせた

降る雨に
松山の城
懐かしく
青葉木影で
たたずみぬれる

【二十九】——乞食姿の旅は続く

雨上がりを待ち
衣服を洗い
再び
歩きの人となる
すれ違う人々が
いぶかしそうに見る

乞食姿じゃ
仕方ないけど
何と哀れなんだろう
「よし　一角の人に
なった時には
決して人さまを

見下しまい」と
心に誓った
一時でもあった

人は人
それぞれにして
道があり
いずれの出逢いも
命とおもう

【三十】――芋だきと出逢う

道行く
坊ちゃん電車も
懐かしくゆったりと
走って行く
国道十一号線に出た
四国独特の山並み
どことなくなだらかで
幾つも折り重なって
川水を流してくれる
せせらぎの音も懐かしい
久しぶりの四国路
この地ならではの
芋だきに出逢った

道を通る人は
誰でも立ち寄れる
しかも腹いっぱい食べられる
乞食の旅にとっては
こんな嬉しいことはない
みすぼらしい姿の俺にも
親切にしてくれる
四国の田舎の
よい一面なのだ
お腹も温まるが
心も命も温まる

ほおばりし
命の味に
ふる里の
よき姿みて
明日につなぎぬ

【三十二】――桜三里の峠越え

旅は大変だろうと
プラスチックの器に
芋だきを詰めてくれた
歩き出しても
温かい芋だきの熱と
田舎の人の純な情熱が
身にしみてくる

弘法大師の教え
九施が頭に浮かぶ
一つは財施だ
困っている人を
財力や物で助ける

芋だき一杯が
人の空腹を満たすなら
立派な財施だ

いくら財力があっても
いくら物を持っていても
世の中や人々の
ために使うことは
人間なかなか難しい
だからわざわざ
財施と言ったのだろう

二つ目が法施だ
人々に宇宙の法則を説き
困っている人に道を示し
悪道ならばそれを正す
それも見返り心が

あっては成り立たない

残る七つが
無財七施である
人は財力だけではない
心というものがある
それを七通りに分けて
人世のために使うことだ

一、眼施
日常生活で
慈しみの眼を持っているか
優しい眼差しで
人に接しているか
心から旅立ちを
見送ってくれた
富高さんの

あの優しい目だ
自分に当ててはめてみよう
ついぞ怪しくなるものだ

二、顔施はどうなのか
常に笑顔で
人に接していると
言えるだろうか
ふかし芋をくれた
あの老婆の笑顔
モナリザのような微笑が
はたしてあるだろうか

三、それでは言施は
いかがなものか
自分の言葉を
振り返って

思いやりのある
言葉だと
言い切れるかなあ
優しい言葉の持ち主と
言い切れるかなあ

四、身施はどうだ
礼儀は出来ているか
尊敬の心は持っているか
実行は出来ているか
何にも聞かずに
船に乗せてくれた
あの船長さんが
いい教えになる

五、心施というのもある
心配りだ

思いやりだ
早く一人前になれと
ほっぺたを叩いてくれた
小澤常務の親心
痛いほど思い出す
叩く方も
心の中で泣いていた
あれが心施なのだ

六、座施
一寸難しい
呼び名だが
譲り合うということだ
自分の我を通す
人間の垢
これを取るのが
この譲り合う心だ

一寸使えば
丸く収まる
宝刀なのだ

七、最後が舎施
これも難しい呼び名だが
訪ねてくれた人を
快く迎えられるか
気持ちよく
もてなせるか
ということだ
芋だきのもてなし
何一つ差別のない
奥の深い愛
笑顔で
「腹一杯食え」という
元気のある声

人に勇気を与える
大きな布施だ

歩くこと五日間
難所の桜三里も
無事に越え
小松の街もそこそこに
伊予西条に入った

苦しかり
桜三里の
峠越え
振り返り見て
よくぞこの足

【三十二】――瀬戸の海　瀬戸の山々

青い空を見上げる
雄大な石鎚山が
どっしりと座って見える
別子の山々
そして何よりは
瀬戸の海だ
潮の香りが
この里まで届いている

平市島が見える
美濃島だ
明神島だ
見馴れた海景色

豪華な
だんじりが行く
西条まつり
収録で歩き廻った
想い出の街だ
この街を見ていると
嬉しさと
懐かしさが込み上げる

がき大将の頃
おんぼろ自転車こいで
わざわざ喧嘩をしに来た
西条の街だ
学校の前で
しばらく想い出に
ふけってしまった

喧嘩して
後の出逢いが
友となり
人生かたる
楽しさとなる

【三十三】――生まれた命と出逢いの命

この喧嘩の相手が
何と巨人軍のエース
藤田元司投手だ
後にアナウンサーとして
グランドでの再会
人生の仕組みの
面白さではないかと
つくづく思う

生まれた命
そして出逢いの命
この二つの命が
自分の人生を

つくってしまうのだ
出逢いの命を
どれだけ大事に使うか
どれだけ学びに入れるか
大きな人生の
分かれ目になる

再会のその日から
夕食で語り
一気に親友となった
喧嘩に始まった
二人の男が
心から懐かしがり
手を取り合える
これが人の出逢いだ
命といってよい
出逢いなのだ

ともに人生を語りあい
ともに食事の出来る
切っても切れない
親友になってしまった
人の出逢いの命
くれぐれも無駄には
するまいぞ

心をば
開いて語る
友なれば
明日の命も
あずけくいなし

【三十四】――豊浜の灯り

左に工業の街新居浜
右には石槌山を眺め
瀬戸の海を見下し
二日も歩いた
やっとふる里
香川の標識が
目にとび込んで来た
親類の多い
豊浜の灯りだ

伯父さんもいる
従姉妹達もいる
逢いたいが逢えない

でも人間って
知り合いがいる
いつでも行くところがある
そう思うだけで
心に余裕が出くる
すごい学びだ
きっと役に立つ
忘れずに書きとめた

山なみも
心のどこかに
重なりて
なぜかゆとりの
讃岐路の夜

【三十五】——中継局のアンテナ

見馴れた風景は
その人を慰めてくれる
空腹もなくなりそうだ
忘れられない観音寺の
街の灯りが
夕焼けの中に浮かぶ
一時身を置いた
中継局のアンテナが
やけに目に入ってくる

見上げる雲辺寺の
山なみも
赤く染まって美しい
ともに働いた浮田さん
どうしているだろうか
この街にいるのかなあ

ふる里の
想い出あそぶ
アンテナに
友の姿が
並びてみゆる

【三十六】——善通寺の門をくぐる

また新しい朝が来た
今日も無事生きている
朝食は目の前の畠だ
まだ青いトマトが
朝露に輝いている
命のトマトよありがとう
腹ごしらえの後は
再び歩きの旅だ
想い出のある本山寺
金倉寺が見える
右の奥には善通寺だ
よし行こう
自然と足は善通寺に

向いて歩きだした
弘法大師に逢いたい
その一心で
善通寺の門をくぐった

幼い頃からよく知った
見覚えのある迦藍だ
何か一言でもと思い
大師に問いかけてみた
一言の返事もない
そうだろうなあ
大師の苦労からすれば
まだまだ序の口なのだ
どこかで
「もっと世の中を知れ」と
大きな声が
聞こえてきそうだ

異国《とつくに》に
学びし大師の
足元に
辿りつきたし
頭をたれて

【三十七】――あちこちに残る想い出

境内のあちこちに
幾つも残る想い出
大祭の時には
マイク片手に花形だった
幼い頃には和尚に
大目玉もらったっけ
この店でカタパン買ったよなあ
街なみも変わってしまった
嘗て日本最強の
陸軍十一師団があった街だ
乃木大将を偲ぶ
神社の前を通る

この近くに
仲よくしていた
オートバイ屋さんがあった
立ち寄れば
昼食にはありつける
でもそれは修行の
邪魔になるだけだ
我慢して寄るまい
「元気でね中塚さん
またくるよ」と心の中

巡りくる
想い出だけが
そばにいて
声なき道を
一人旅する

【三十八】——大麻山の筍

大麻山の麓で
筍小屋を見つけた
今日の宿はここにしよう

そうだ近くに
同級生の須崎がいる
よく遊んだよなあ
筍掘りもしたよなあ
真ん中をくり抜いて
味噌を詰めて焼くんだ
香りよし味よし
俺の想い出レシピなんだ

わが友と
ともに味わう
筍の
香りなつかし
堀小屋の夜

【三十九】――金比羅の石段を登る

目覚めとともに目指すは
象頭山に鎮座する
金比羅さんだ

いつも上った裏道
桜道を横目にして
正面に廻った
変わらない店が立ち並ぶ
江戸時代の終わりに活躍した
志士達の夢が
今尚残る宿々

高杉晋作が泊った
坂本龍馬も泊った
日柳燕石も逗留
幕末を担った
勇士達が計った部屋
天領の街あとが
今尚息づいている
ここに立つと何だか
自分も志士になった

気分に捕らわれる
底しれぬ勇気が
身に迫りくると覚える

今の政治家たちも
この場に来て
この空気を
味わって見るのも一考だ
なんて乞食が生意気を
つぶやいて見た

俳句番組でお世話になった
桜井長一郎さんの宿
さくら屋がある
ここから金比羅さん
独特の長い長い石段が
始まるのだ

金比羅さんの石段は
それはそれは急坂で
千三百六十八段もある
登りつつなつかしむ石垣
知った名前が幾つも
出てきてうれしくなる
その石垣に
遅れ桜がひらひらと
舞うのもよき風景だ

あたりの緑に酔っているうちに
社務所についた
短歌の師でもある
金陵光重宮司に
一目でも逢いたい
思いが叶ったのが

社務所に入るや
宮司の顔だ
わが姿を見た宮司は
大変驚いた様子
無理もなしこの姿だ

それでもその経緯《いきさつ》を
親身になって聞いてくれた
そして理解してくれたのだ
数々の励ましの言葉あり
人間苦労の言葉あり
道の厳しさの語りあり
やはり神々に仕える人なのだ
この幾多の教えも
きっと権現さまの声に
違いないと心に納める
この時の宮司の目に

大きな涙が一筋流れた
忘れる事が出来ない
再会であった

道しるし
心つくして
語る声
未来を背追えと
目に涙して

【四十】――さぬきうどんをすする

身にしみる話しとともに
思いがけない香りが
近づいてきた
「さぬき」うどんだ
何時の間にか
この乞食のために
心のこもった
温かい「さぬき」うどんを
用意してくれていたんだ

「さあ久し振りだろ……
腹いっぱい食べなさい」
まるで子供に諭すように

愛の光を添えてくれた
また学んだ
食育の基本なのだ
うどんをすすりながら
かつて田中角栄首相が
身を以て教えてくれた
「飯くったか」が
思い出される

ひとすすり
さぬきうどんに
淋しさも
苦しさ流して
明日が見えたり

【四十二】――弘法大師の満濃池

金比羅に
別れを告げた
この奥に
弘法大師のつくった
満濃池がある
この池が多くの
農民を救ったことが
学びとして残っている

想い出深い
土器川の大橋
その真ん中に立って
若き日を想う

仲よくなった
高校の後輩の女の子
頭人祭りに
この橋の上で
初めて手をにぎった
一寸した初恋だったかも
きっといいお嫁さんに
なっていると信じたい
元気でいてね智恵子
昔のように可愛くね

よみがえる
ほのかな心
川面には
昔変らぬ
水がさらさら

【四十二】――羽間峠の水守小屋

無花果《いちじく》で名高い
羽間《はざま》峠《とうげ》の坂
大和無花果の味は
先ずどこに行っても
味わえない絶品だ
後二カ月もすれば
その味にも
逢えただろうに
でもその無花果が
多くの友達の顔を
思い出させてくれる
学校の先生になったという

矢野定
数学に強かった奴だ
速記の達人永井尚
腰巾着の
髙岡啓介
ともに演劇をした
内藤敏典
京大の教授になった
草薙得一
小学校からの友
富ちゃん末ちゃん

友を思いつつ
坂道を下って行く
途中にある
水守小屋が
今日の宿だ

勝手知ったるふる里
何だか我が家の
ような気分だ

水守りの
舎屋に泊りて
　足のばす
ゆたかき中に
眠りはじまる

【四十三】——大窪池に辿りつく

さあ夜が明けた
目指すは生まれ育った家だ
どの景色も
恋しくてたまらない
阿讃山脈が
鮮かに輝いている
幼い頃に
茸取りをした山々だ
蕨取りもした
茱萸《ぐみ》も美味だった
芝栗も拾った
夏にはよく泳いだ
大窪池が懐かしい

三好君　玉井君の顔が
浮かんでくる
妹の圭永子と
千《せん》振《ぶ》り取りもしたなあ
先祖の墓所がある
今の不孝を詫びる
近くにある親戚にも
寄りたいが
池の土手から
頭を下げることにした
お達者で……
家の近くのお寺の
山口さんに出逢うが
俺だと気づかない
チャンバラごっこが
思い出される
鐘を鳴らして

ひどく叱られた想い出
どれ一つとっても
忘れることの出来ない
よき想い出ばかりだ
だけど今の俺には
何だか淋しく映る
「二度と来ないかも」
そんな心がどこかで過ぎる
逢う人達も
白髪頭の乞食が
俺だとわからないようだ

幾度も
声かけそうな
心をば
じっと抑えて
ひたすら歩く

【四十四】――母との再会

生まれわが家の前に立つ
入ろうか
そのまま行こうか
心がゆれる
ここでまた
「二度と来ないかも」が
頭をもたげる
迷いながらも入った

人気のない庭先
思い切って「ただいま」
奥から出て来た母

「そんな乞食姿で……」
言わんばかりの顔だ
一瞬「入るんじゃなかった」
頭の中で後悔する俺
一言も声が出ない
そのまま後ずさりした

いぶかしき
顔で迎えし
母の顔
愛と怒りが
交じりて見ゆる

【四十五】――親不孝

「乞食の兄はいらない」
背後に聞こえる母の声
「ごもっとも」と
心で答えるが声にならない
黙って頭を下げて
我が家を後にした
親からまで「乞食」って
言われてしまった
でも何が言いたかったのか
聞けないまま

表に出たものの
涙が止まらない

親の厳しい言葉を
悲しむのではない涙だ
この歳で
親を悲しませてしまった涙だ

同じ歳の中で
親不孝をしているのは
俺だけかもしれない
そんな涙が
心の奥から湧き出る

つまる胸
心の奥が
悲しそう
それでも役目が
頭をよぎる

【四十六】――想い出は人の心で変わる

泣き顔では歩けない
かつての局アナだ
しかも人気アナだ
近くの坂下にある
王子の宮に入った
誰一人なく
松風だけが
ざわざわと騒ぐ

お堂の縁側に腰をおろす
静かな宮の森だ
座っていると
春祭りの想い出が

走馬灯のように蘇ってくる
妹の圭永子が
おねだりした水あめ
服を汚して
母に叱られた
太鼓叩いて
舞をまった喜び
祖父のつくった
太いさぬきうどん
浪曲をやって聞かした
隣のおじさん
竹棒を振りまわした
子供ちゃんばら

想い出って
遠くになったり

近くになったり
人の心で変わるものだなあ

宮の松
思い出させる
風ふきて
ふる里の庭
そぞろ淋しき

【四十七】――闇中でふる里を噛みしめる

思いを巡らすうちに
夜が来てしまった
この宮の中での一夜
それがふる里での宿
なのだろうか
ここに着くまでは
目の前の丘にある
生まれた我が家での
一夜を考えていただけに
何かわからぬ侘しさが
込み上げてくる

とても美味な

井戸水も恋しい
大きな庭園の
蕗も今は青々として
茂っていることだろう
内池の魚達にも
逢えないままだ
こんなしがらみが
次から次へと
頭の中に浮かんでは
消えていく

こんなことでは
先が思いやられる
夜の闇は遠慮なく
押し寄せてくる
現実はこのあり様だ
勝手のわかる畠に

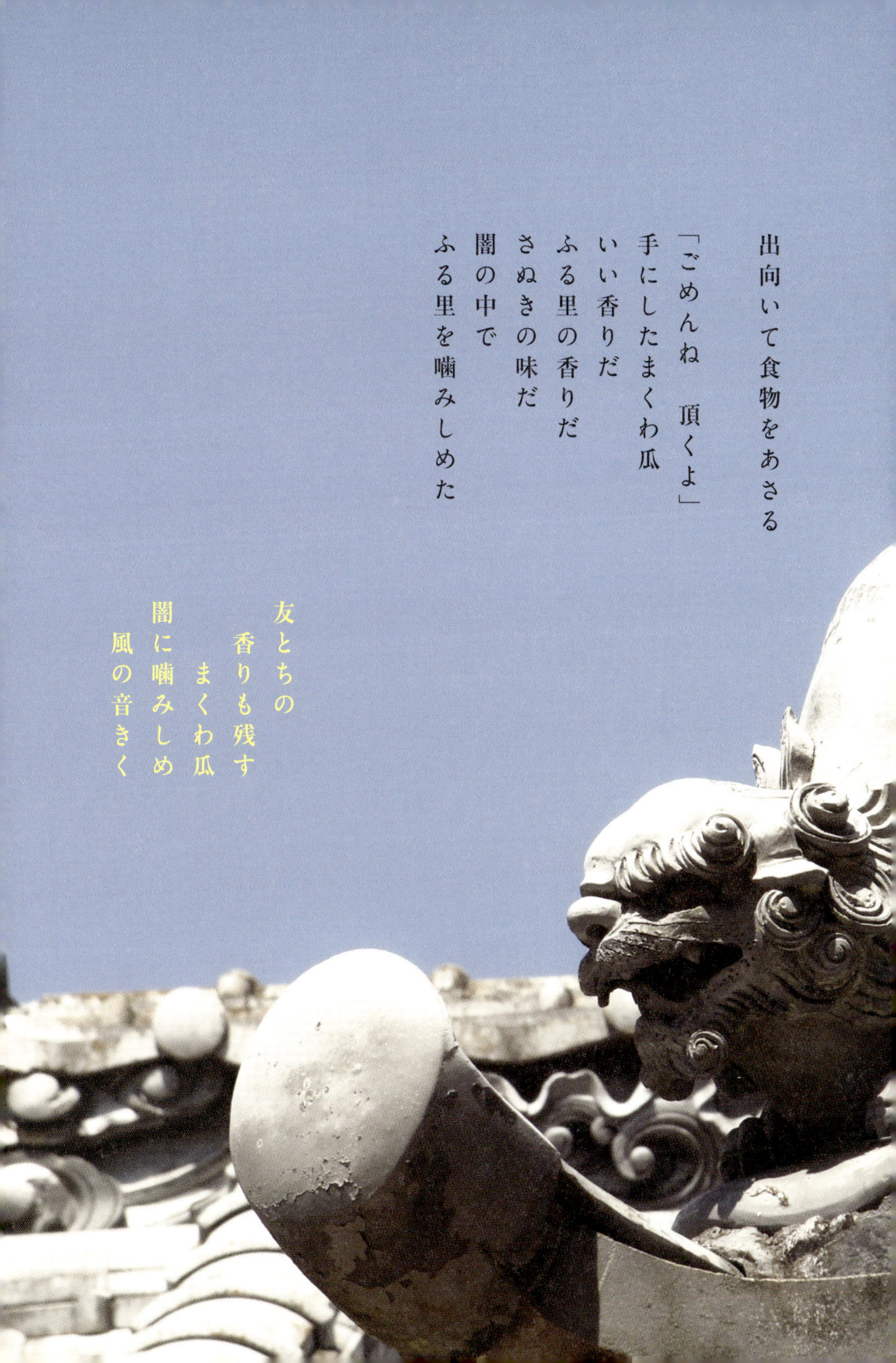

出向いて食物をあさる
「ごめんね　頂くよ」
手にしたまくわ瓜
いい香りだ
ふる里の香りだ
さぬきの味だ
闇の中で
ふる里を噛みしめた

友とちの
香りも残す
まくわ瓜
闇に噛みしめ
風の音きく

【四十八】――もう家には戻らない

どんよりとした空
今にも一雨来そうだ
王子坂の上を見る
生まれた我が家が見えてる
二度とこの家には戻るまい
いや　戻れないかも
そう思うと
涙が止まらない

これも人間の持つしがらみなのか
しがらみを取ってこそ
人の心の痛みもわかる
だけどこの修行
生きる者には　コクだよなあ

待っててね
必ず母を
　この手にて
迎えにくると
心はかたし

【四十九】——世界一の富士になりたい

雨の来ないうちにと
朝から歩き始めた
母校飯山高校の前
「この学校ともお別れか」
仰げば讃岐富士が
力強く
「何を弱音を吐いておるのか」と
睨みつけてくる

そうだよなあ
やっと始まったばかりの
修行の旅なんだよなあ

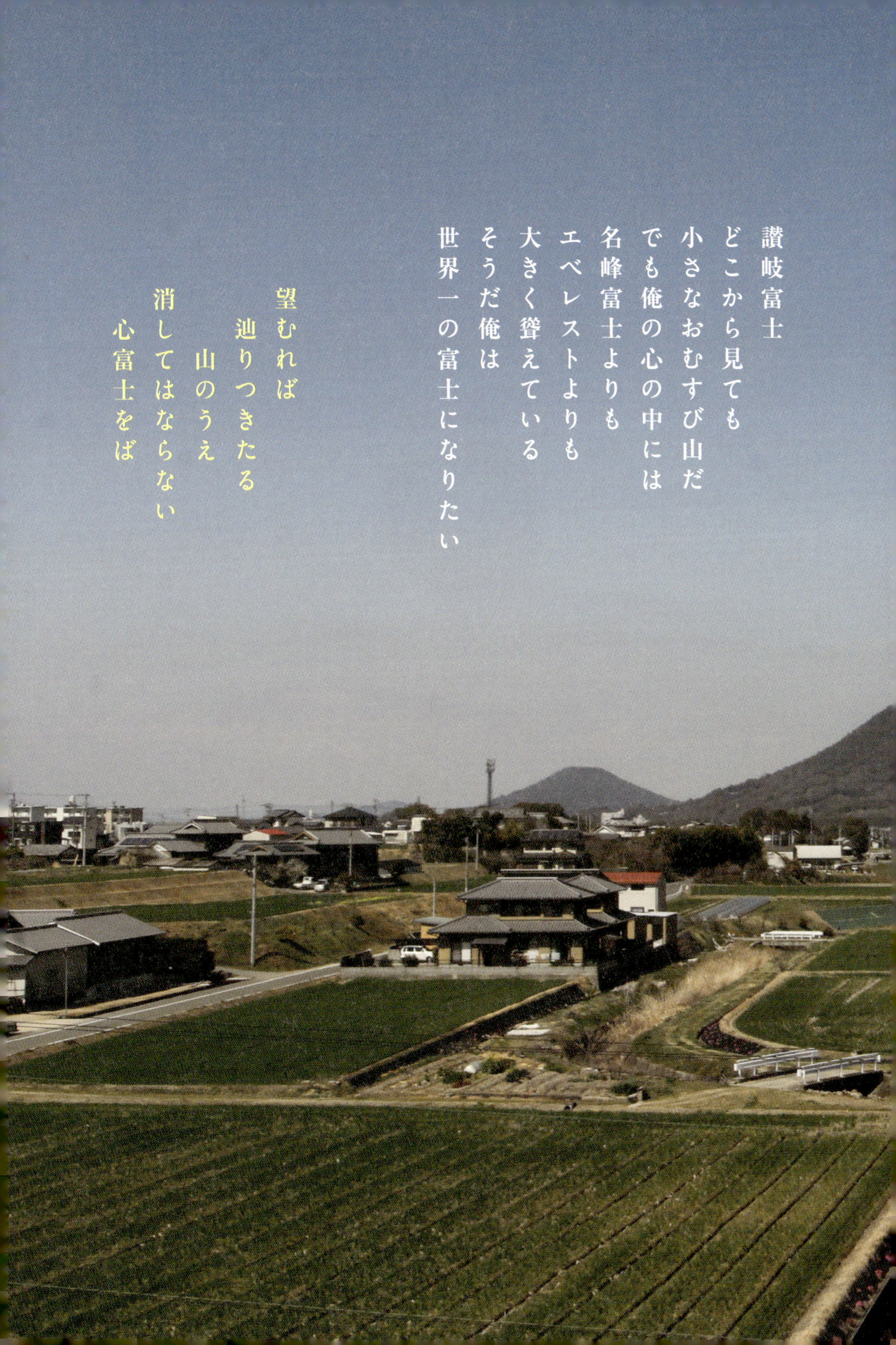

讃岐富士
どこから見ても
小さなおむすび山だ
でも俺の心の中には
名峰富士よりも
エベレストよりも
大きく聳えている
そうだ俺は
世界一の富士になりたい

望むれば
辿りつきたる
山のうえ
消してはならない
心富士をば

【五十】――塩田跡　昔の夢

再び瀬戸の海の見える
街道に出る
海の潮風が
ふる里の丸亀城が
見送りに来ている
うれしい
人は心の持ち方で
豊かな心が生まれるものだ
着ているボロ服も
余り気にならない
俺にはきっと未来がある
そんな勇気も
少し湧いて来た
広がる塩田跡

ここにも昔の夢が
しっかり残っている
王者のように栄えた
塩街のなごりが
そこそこに見え
人々を勇気づけている
人に勇気を与えることは
人たる者の使命でもある
大きな学びだ
ありがとう丸亀よ
ありがとう坂出よ

本当の
一人ぼっちが
今生まれ
昔をしのぶ
塩田があり

【五十二】――八十場の泉

崇徳天皇ゆかりの
八十場《やそば》の泉があり
すぐ側には
五色連峰があり
その西の端には
白峰が聳える
百人一首に出てくる
滝川を渡り
白峰神社に
崇徳上皇を訪ねた
京の都よりこの地に
流された都人だ

一人でどんな想いで
暮していたのだろう
都での栄華も
想い出もあろう
残してきた家族
恋人や友
そんな人間のしがらみの
歌が今もここに残っている

瀬をはや
み岩にせかるる
滝川の
われても末に
逢はむとぞ思ふ
（崇徳上皇）

【五十二】――政治の道

それでも政治の道を
正しき信念で
綴って
残している
それが五色の
正しい使い方なのだ

心をば
都に残し
治めたる
瀬戸の潮路の
うらめしさ思う

【五十三】――権力のしがらみ

その昔
西行法師も
この峰を訪ね
怨みの念を
鎮めたと
雨月物語に聞く

何時の時も
権力の争い
絶えなきも
人間の拭えぬ垢なのか
いとも哀れなり
これも「しがらみ」

醜い性《さが》なのか
それにしても
少しも進歩してなき
現代も哀れと思う

政治家は
権力に明け暮れ
国民を袖にしている
経済界も
自分本意で
我が儘のしほうだい
利益だけを
追求している商人達
学歴に捕われている
官庁界
学問のための
学問になってしまっている

教育界
公平であるべき
放送界も
スキャンダルニュースだけが
先行している
長いものに
巻かれて終わっている
世の中が淋しい

権力の
垢にまみれし
しがらみを
消して人の世
正せるものを

【五十四】——大槌小槌のおむすび島

瀬戸の潮風を
楽しみながら
高松に向かう
大槌小槌の
おむすび島も
細長い三味島《しゃみじま》も
心なし淋しく見える
香西の町から
かすかに中国山脈が
見え始めた
夕暮れまでに
鬼無の町までつきたい
ここには昔

相撲の解説で
有名になった
神風さんの生家がある
その先には
文豪菊池寛の
生家があり
江戸の儒学者
柴野栗山の家がある
さらに平賀源内の
生家が残っている
どの人も今の俺を
勇気づけてくれる偉人だ
同じふる里から
世に名を馳せた人達だ
「負けるでないぞ」
「俺達につづけ」と
叫んでくれている

手前より小槌島、大槌島

いにしえの
人を思いて
おのが身の
役目今さら
噛みしみるなり

【五十五】——下ろしきれない人間の業

さっき迄逢いたいと
思っていた友達に
なぜか今は
逢いたいと思わない
何がそうさせるのかも
わからない
きっと偉人達のエネルギーが
「やり遂げてからにしろ」と
言っているのであろう
何かしがらみを取る
ヒントのような気がする

まだ心のどこかにある

侘しさが
ちらほらとする歯痒《はがゆ》さ
人間の垢は
業《ごう》が深いと
つくづく
思い知らされる

その足で銀行に
立ち寄った
放送局時代の
貯金通帳を
久しぶりに開いた
これも業《ごう》なのか
未練なのか
全財産を
下《お》ろし切れない
人間って浅はかな

心を持っているもんだ
そんな自分が嫌になる

とぼとぼと
歩いて過ぎる
街なみが
乞食姿の
われも見下す

【五十六】

夜明けの高松城

表に出ると今度は
お風呂に入りたい
その前に着替え一式と
揃えて靴も買った
床屋に行き
久し振りの自分の姿だ
床屋のおやじも
顔剃りをして
初めて俺だとわかってくれた
それにしても真っ白い髪
白い眉毛
訳を話したら辛くなる
話しそこそこに

床屋を後にした
やっとサウナの人となった
湯舟で
長い間の垢を落とす
時おり知った顔が見えるが
白髪の俺には
中々気づかない
今はこれでいいんだ
今日は
サウナのカプセルで
眠ることにした

たった一枚の毛布が
こんなに尊く
愛しく感じたことは
初めての体験だ

物の有難さを
改めて思い知らされる
日常生活の無事を
感謝する心が
人としてなくてはならぬと
思いつつ夢の中に入っていった

夜明けとともに
高松城に入ってみる
高校時代に
初恋の幸ちゃんと
初めてデートした
淡い想い出が
石垣に残っている
今はどうしているのかなあ
これもしがらみなんだろう
苦しい戦いだ

でも逢いたい気持が
先に立つ
俺も生身の人間だと
つくづく思う

城を出て
連絡船乗り場に向かう
ここでも想い出がある
高松本駅の火災だ
火の粉の降る中を
命知らずに
飛び込んだものだ
よく生きていたものだ

火傷の跡が
体中にある
消防さんに

「無茶するな」と
怒鳴られたもんだ
苦しんでいる
駅長へのインタビュー
とっても辛くて
声が詰まったことも思い出す

波しずか
別れる船の
汽笛より
わが目にいたし
高松の城

左より男木島、女木島

【五十七】——連絡船の人となる

屋島、五剣の
山々を見ながら
連絡船の人となる
桃太郎の物語の
鬼ヶ島（女《め》木《き》島《しま》）が
目の前に来た

そうだこの海で
連絡路紫雲丸が
眉山丸と衝突
二百人近い人達が
海の藻屑と消えたよなあ
あの時も俺はただ一人で

四日間も巡視艇で
実況中継にあたった
希望に燃えてた
若きジャーナリストだった
翌日の死体置場の取材で
大きな学びをした
あれは修学旅行の
生徒達だった
琴平電鉄のトラブルで
予定の連絡船に
乗り遅れた
そのお陰で
海の藻屑に
ならずに済んだのだ

その命への感謝から
旅行を取り消し

体育着に着替え
死体置場での
奉仕活動なのだ
人間
命の尊さを
その身で体験すると
生きている有難さが
ひしひしとわかるものだ

俺もまだ命がある
残っている命なんだ
何か新しい力が
湧いてきたような気がする
心なし島々も海も
遠くになっていくふる里も
明るく光って
見えてきたのがおかしい

屋島をのぞむ

ふる里は
心にありて
道しめし
力となりて
人をはげます

【五十八】――世の中の値打ち

島と島の間に
小さな島がぽつんと
見えかくれする
大島だ
この島にいる人達
ハンセン病に
苦しんでいる人達だ

かつてこの大島へ
取材に来たことがある
身体が傷つき
苦しんでいる
手足が不自由で

困っている
いわれなき
世の中の
偏見と差別に
迫害されている

それでも豊かな心が
短歌を詠み
俳句をつくり
詩を唱え
自らを励まして
明るく生きている
そのことに
頭が下る思いだった

俺も貴方達から
学んだ生きる力を

杖にしてがんばるから
元気に生きて下さいね
そんな願いが
心の中を横ぎる
この大島の人達に
心を通わしていた
平井俊子夫人も
きっとこんな思いを
していたのだろうなぁ

優しくて
人の悩みを
心から受け止める
人生のリーダーだった
こんな尊い教え
見逃してはなるまい
人を思いて我がある

人に尽くして今がある
人生は与えられるより
与える人にならなくては
一人前とは言いがたし

この連絡船とて
人を無事に渡して
役目を果している
一すすりのさぬきうどんとて
食べる人達が
「うまい」と言って初めて
つくった値打ちがある

いくら学問をしたとて
学問のための学問であっては
値打ちなしだ
世の中のために

人さまのために
役立ててこそ
真の学びとなる
「大学は出たけれど」の
多い世の中だ

一人くらいは
馬鹿のつくほど
突っ走ってもと
心の底から勇気が
凛々と湧いてくる
半分禿山《はげやま》の直島《なおしま》が
目の前にきた
この島も
文明の遺産とはいえ
精錬の煙のために
緑が失われたのだ

そのためにと
どれだけの人達が苦しみ
大地が泣いているか

政治も企業も
見向きもしない
これが学問をした人の
為す姿であろうか
この命の地球が
怒らないうちに
気づいて欲しい
いや、気づかせて見せたい
こんな世の中を
見て廻ると
これからのやるべきことの
多いことにびっくりする

真道
歩む姿の
むずかしさ
実動の道
手さぐりの旅

【五十九】――ふる里を後にして

船のうしろを見ると
もうふる里讃岐は
霞の彼方だ
連なる五色連峰
屋島と五剣山
群がる瀬戸の島々
遥かに見える阿讃山脈
想い出いっぱいのふる里とも
暫くお別れだ

宇野桟橋の灯が
もう灯りはじめている
近くにある眉山も

夜仕度だ
連絡船で
さぬきうどんをすすり
香りを惜しんだ
近くにいる人達も
さぬき訛りだ

それにしても
しがらみという業《ごう》
中々にして切れないものだ
魂の錘《おも》り垢と
教えられた
どうしたら取れるのか
大きな悩みの一つだ
船が揺れ
波の音がして
着岸だ

しがらみが
魂の中に
しがみつき
人垢となり
足をひっぱる

あとがき

人間の持っている「しがらみ」の醜さ、取り切れないもどかしさ、そして五感の大事さが多少なりともわかっていただけましたでしょうか。歩き旅を通じて、一つ一つ身に入り、心に入りして、後々に人さまに伝える事が出来るのだと思うにいたり、今日になってしみじみと感謝の念に変わってきました。学びの旅は、まだまだ続きます。メモ日記を通じて読者の皆さまと問答していきたいと思いますので、第二編、第三編と続く限りおつき合い下さい。きっと大きな人生の処方箋となると信じております。

二〇一四年四月吉日

上月わたる

上月わたる（こうづき・わたる）

1934年、香川県綾歌郡飯山町（現丸亀市）出身。地方テレビ局のアナウンサーとして活躍していたが病に見舞われ職を辞し、日本全国放浪の旅へ出て数多くの知己を得る。様ざまな職業を経験した後、現在、国際エコロジー団体の日本代表を務める。著書に『気楽にいこうよ 自然のままに』がある。

装丁・本文デザイン　緒方修一 / LAUGH IN

カバー・本文写真　飯沼 健

雑草《ざっそう》の如《ごと》き道《みち》なりき　しがらみ編《へん》

2014年5月12日 初刷発行

著　者　上月わたる

発行人　佐久間憲一

発行所　株式会社牧野出版

〒135-0053

東京都江東区辰巳1-4-11 STビル辰巳別館5F

電話 03-6457-0801

ファックス（ご注文）03-3522-0802

http://www.makinopb.com

印刷・製本　精文堂印刷株式会社

内容に関するお問い合わせ、ご感想は下記のアドレスにお送りください。

dokusha@makinopb.com

乱丁・落丁本は、ご面倒ですが小社宛にお送りください。

送料小社負担でお取り替えいたします。

 ISBN978-4-89500-173-1